KB043946

이바라기 노리코 시집

이바라기 노리코 시집

초판 1쇄 발행   2019년 6월 10일

개정판 1쇄 발행   2024년 2월 20일

지은이   이바라기 노리코

옮긴이   윤수현

펴낸이   김상철

발행처   스타북스

등록번호 제300-2006-00104호

주소   서울시 종로구 종로 19 르메이에르종로타운 B동 920호

전화   02) 735-1312

팩스   02) 735-5501

이메일   starbooks22@naver.com

ISBN   979-11-5795-725-5 03830

ⓒ 2024 Starbooks Inc.

Printed in Seoul, Korea

잘못 만들어진 책은 구입하신 서점에서 교환하여 드립니다.

이바라기 노리코 시집

이바라기 노리코 지음 | **윤수현** 옮김

스타북스

"'내가 가장 예뻤을 때 / 내 나라는 전쟁에서 졌다 // 내가 가장
예뻤을 때 / 라디오에서는 재즈가 넘쳤다' 이 시 한 편으로 1억
일본인들을 패전국 상처에서 구해 희망의 길로 인도했다"고
《요미우리 신문》이 극찬한 이바라기 노리코의 시 속에는
식민 지배 시절 조선의 아픔과 연민이 담겨 있는 시가 많다.
윤동주의 사진을 우연히 접한 노리코는 맑고 청아한 모습에
반해 그의 시를 읽게 되고 그것이 계기가 되어 평생 한국과
교류한다. 그뿐만 아니라 무려 7년간 문부성(현 문부과학성)을
설득해 윤동주 시인의 시 4편과 함께 "정체를 알 수 없는
주사", "일본 검찰에 의해 살해당한 것"이라는 문장을 그대로
살려 일본 교과서에 실리게 한 국민 여류 시인이다.

민윤기 시인(서울시인협회 회장)

한 차례의 청춘이 전쟁으로 지워지고, 당시 여성이라는 약자의 입장에서도 깨끗하게 살아온 저자의 강함에 황송합니다. 시에도 그 강함이 마음껏 나타나고 있습니다. 포함된 시에는 단 한 조각의 달콤함도 허락하지 않는 엄격함이 느껴집니다. 단맛은 아니지만 옛날에 부모님한테 야단맞았을 때와 같은 부드러움을 느낄 수 있습니다.

BBbAND

이바라키 씨의 시는 늠름한 강인함, 맑음과 부드러움, 유연함과 유머가 넘칩니다. 「네 감수성 정도는」라는 시에도 감동을 받기도 했지만, 이 시집은 인생과 관련된 모든 것을 달관한 듯 맑은 물을 가득 채운, 조용한 호수와 같은 인상을 받았습니다.

쿄코

손에 들고 읽는 것만으로도 이 시인의 힘이 보입니다. 이 정도 뛰어난 시의 입문서를 읽은 적이 없습니다. 추천합니다!

kotetsu

시는 대단하다는 것을 실감했습니다. 말이, 말과 말 사이가 많은 상상을 일으킵니다. 평소의 풍경, 전쟁처럼 직접 체험한 적이 없는 환경, 모두 박력 있고 설득력이 있습니다. 저자의 자세에 인생의 척추도 성장합니다.

린타로

이바라기 노리코 씨의 말은 내 안의 만지고 싶지 않은 부분을 조명합니다. 강하고 엄격한 시선으로 자신을 재인식시키고, 고개를 들고 걸어갈 수 있는 힘도 분발시켜줍니다. 그러면서 동시에 부드럽게 따뜻한 시선으로 둘러싸인 자신을 깨닫게 합니다.

가스타마

좋은 시를 만나고 싶다 생각해도 어느 시인의 어떤 시집을 손에 들고 보면 좋을지 모르겠다고 말하는 사람을 많을 겁니다. 이 한 권부터 시의 세계가 퍼져나가는 겁니다.

산타

감성이 부족한 요즘, 시를 읽는 것은 매우 중요합니다. 응축된 단어로 점철된 시. 특히 이바라기 노리코 씨는 늠름하고 야무진데, 이런 식으로 생각하면서 살아가고 싶다고 느낄 때가 많다.

다이아나 씨

지인의 시 낭독회가 있을 당시에 기반이 된 것이 이 책이었죠. 1979년이라는, 지금부터 35년 전에 쓰여진 시집이라고는 생각되지 않는 신선함이 이 책에 있어요. 이바라기 노리코의 애독 시와 해설을 읽고, 특히 마음이 메말라졌을 때 소리 내어 읽어 본다면 정말로 마음의 자양이 되리라고 단언합니다.

네리의 갓찬

넘칠 정도로 많은 시 작품 중에서 무엇부터 읽을까 망설일 사람은 많을 터다. 이 책은 시인 자신이 그 중에서 선택한 작품집이다. 시가 게재되니 이바라기 노리코가 말을 걸어온다. 시를 잘 모르더라도, 살아있는 데서 오는 기쁨과 외로움을 공유할 수 있는 멋진 책이다.

갤럭시 노 마치

이전부터 신경이 쓰이던 책을 찾아 「네 감수성 정도는」을 살짝 봤다. 한순간, 필자의 정신이 날카롭게 다가와 단번에 감정이 동요될 수밖에 없었다. 눈물이 흘러넘칠 듯해 감정의 파도가 멈출 수 있도록 책을 닫았다. 이 시집은 사랑이라고 불러도 좋을 것으로 가득 차있다. 그렇지 않으면 '바보'라는 말에 어머니한테 감싸 안긴 기분이 들어 눈물이 나올 리가 없다. 자기비판의 정신을 잃어버린 지금의 시대이기에 이어지며 읽혀야 할 책이라고 생각한다.

uepond

이 책의 「벚꽃」이 너무 감동적이다. 벚꽃 이전 매화가 필 무렵에 사망한 친구의 부인에게 친구의 앨범을 만들고, 자필로 적어 보내서 매우 만족했고, 우선 마음이 안정되었습니다. 다른 가사 각각에 감동되어 감동과 치유를 맛볼 수가 있습니다.

오카주 게이스케

지금까지 시는 골칫거리였습니다. 어떻게 읽어야 할지 몰랐기 때문입니다. 이 책을 읽으면서 서서히 시 알레르기가 무작정이 없어졌죠. 이 시집을 읽고 이후 다양한 시를 읽기 시작했습니다. 나에게 시의 즐거움을 가르쳐 준 소중한 책입니다.

사적 감상

여성으로서, 인간으로서, 이 사람처럼 상쾌하게 살다가 죽고 싶다고 생각합니다.

메이

4 식탁에 커피 향 흐르고

3 처음 가는 마을

부록

이바라기 노리코

이번에 저(이바라기 노리코)는
(2006)년 (2)월 (17)일 (지주막하출혈)로,
이 세상을 하직하게 되었습니다.
이것은 생전에 써둔 것입니다.
내 의지로, 장례·영결식은 하지 않기로 했습니다.
앞으로 이 집에는 제가 살지 않으니
조위품이나 꽃 같은 것들을 보내지 말아주세요.
반송 못하는 무례를 더하게 됩니다.
"그 사람이 떠났구나" 하고 한순간, 단지 한순간
생각해 주셨으면 그것만으로 충분합니다.
오랫동안 당신께서 베풀어 주신 따뜻한 교제는
보이지 않는 보석처럼, 내 가슴속을 채워서 빛을 발하고,
내 인생을 얼마만큼 풍부하게 해 주셨는지….
깊은 감사와 함께 이별의 인사말을 드립니다.
고마웠습니다.
2006년 3월 길일.

앞의 글은 2006년 2월 17일 지주막하출혈로 세상을 하직한 이바라기 노리코 시인(향년 80세)이 생전에 교유했던 지인들에게 보낸 '하직 인사'이다. 그녀는 이 글을 미리 적어서 인쇄해 두었다가 (사망 일자와 사인만 유족이 기입하게 하여) 별세한 후 지인들에게 보내달라고 조카 부부에게 부탁했다. 생전에 그녀를 아는 지인들과 언론계 인사들은 "과연 그녀다운 작별 인사"라면서 그녀의 아름다운 죽음을 추모하였다.

1
네 감수성 정도는

네 감수성
정도는

파삭파삭 말라가는 마음을
남 탓하지 마라
스스로 물주기를 게을리해놓고

서먹해진 사이를
친구 탓하지 마라
유연한 마음을 잃은 것은 누구인가

짜증 나는 것을
가족 탓하지 마라
모두 내 잘못

초심을 잃어가는 것을
세월 탓하지 마라
애초부터 미약한 뜻에 지나지 않았다

안 좋은 것 전부를
시대 탓하지 마라
희미하게 빛나는 존엄의 포기

네 감수성 정도는
스스로 지켜라
바보야

보이지 않는
배달부

I
3월 복숭아꽃이 피고
5월 등나무 꽃잎들이 일제히 흐드러지고
9월 포도 덩굴의 포도는 무거워지고
11월 푸른 귤이 익어간다

땅 밑에는 조금 게으른 배달부가 있어
모자를 거꾸로 쓰고 페달을 밟고 있는 것이겠지
그들은 전한다 뿌리에서 뿌리로
가기 쉬운 계절의 마음을

온 세상의 복숭아나무에 온 세상의 레몬나무에
모든 식물들에
편지 듬뿍 지령 듬뿍
그들도 망설인다 특히 봄과 가을에는

완두콩 꽃이 필 때나
도토리 알이 떨어질 때
남과 북이 조금씩 어긋나는 것도
분명 그 탓임이 틀림없다

점점 깊어지는 가을의 아침
무화과를 따고 있자니
고참 배달부에게 혼나고 있는
얼빠진 아르바이트생의 인기척이 났다

Ⅱ

3월 히나아라레를 자르고

5월 노동절 노래 거리에 울리고

9월 벼와 태풍을 지켜보고

11월 청년들이 처녀들과 술잔을 나눈다

땅 위에도 국적 불명의 우체국이 있어

보이지 않는 배달부가 성실히 달린다

그들은 전한다 사람들에게

가기 쉬운 시대의 마음을

온 세상의 창문에 온 세상의 문에

모든 민족의 아침과 밤에

암시 듬뿍 경고 듬뿍

그들도 망설인다 전쟁 후에나 황무지에서는

르네상스의 꽃이 필 때나
혁명의 열매가 열릴 때
남과 북이 조금씩 어긋나는 것도
분명 그 탓임이 틀림없다

미지의 해가 여는 아침
두 눈을 꼭 감으니
허무를 비료로 삼아 피려고 하는
인간들의 꽃도 있었다

여자아이의
행진곡

남자아이를 괴롭히는 게 좋다
남자아이를 빽빽거리게 만드는 게 좋다
오늘도 학교에서 지로의 머리를 때려 주었다
지로는 소리를 꺅 지르며 꽁지를 빼고 도망쳤다
　　지로의 머리는 돌머리
　　도시락통이 찌그러졌다

아빠는 말한다 의사인 아빠는 말한다
여자아이는 난폭하게 굴면 안 돼
몸 안에 소중한 방이 있거든
얌전히 있어 주렴 감싸 주렴
　　그런 방이 어디 있어
　　오늘 밤 탐험을 떠나야지

할머니는 화낸다 우메보시 할머니
생선을 깨끗하게 먹지 못하는 아이는 쫓겨난단다
시집을 가도 3일도 못 돼 소박맞는단다

머리와 꼬리만 남기고 깨끗하게 먹으렴
    시집 안 갈 건데
    생선 해골 보기 싫어

빵집 아저씨가 외친다
질겨진 건 여자와 양말 여자와 양마알
아줌마들이 빵을 안고 웃는다
당연하지요 나름대로 이유가 있는 거예요
    나도 강해져야지!
    내일은 누구를 울려 줄까

어린 시절

어떤 식으로 울었을까
어떤 식으로 소리치고
어떤 식으로 꽁해 있었을까

그 사람의 어린 시절을 생각하는 건
이미
호의를 가졌다는 증거

눈만 큰 아이였을까
아마 맹한 아이였을 걸
바스락 바퀴벌레 눈치 없는 벌레인가

미소 지으며
더 듣고 싶다는 생각이 드는 건
호의 이상의 감정이 생긴 증거

그때도 그랬다
수염 건너로 나는 보았다
꾸정모기 닮은 어린 시절의 얼굴을
그때도 그랬다
몽롱한 노파의 끝없는 말을 나는 듣고 있었다
어린 시절의 찢어지는 사투리를

소녀들

귀걸이를 볼 때마다 생각합니다
조몬시대 여자들과 똑같네

목걸이를 볼 때마다 생각합니다
히미코 여왕 시대와 변함없네

반지는 물론 팔찌도 발찌도 있었습니다
지금은 브레이슬릿 앵클릿이라 부르며 멋있는 척하지만

볼연지를 바를 때마다 생각합니다
찰흙 인형도 연지를 발랐구나

미니스커트를 볼 때마다 생각합니다
모내기하는 처녀의 튼튼한 작업복 스타일

긴 것이 펄럭일 때마다 생각합니다
옛 수도 나라 지방의 패션을

계속해서 되풀이되는 옷차림
파도와 같이 갔다가 왔다가

파도가 조개껍데기를 남기고 가듯이
여자들은 옷을 남겨 삶의 증거를 남기고 간다

옥 목걸이와 진주 빗과 비녀 장식용 깃과 누비옷
집 안 서랍 깊은 곳에서 박물관 한구석에서 조용히 숨 쉰다

그리고 또한 새로운 여행
먼 생명을 이어받은 더 화려한 소녀들

엄마나 할머니 추억의 물건을
몸 어딘가에 하나 장식하기도 한다

호수

"엄마란 말이야
조용한 시간이 있어야 해"

명대사를 들은 것일까!

되돌아보면
땋은 머리와 단발머리
두 개의 책가방이 흔들리는
낙엽 길

엄마만이 아니다
사람은 누구나 마음속에
조용한 호수를 가져야 한다

다자와 호수와 같이 푸르고 깊은 호수를
비밀스레 가지고 있는 사람은

말해 보면 안다 두 마디 세 마디로

그야말로 조용하고 잔잔한
쉽게 불지도 줄지도 않는 자신의 호수
결코 타인은 갈 수 없는 마의 호수

교양이나 학력은 아무 상관이 없다
인간의 매력이란
필시 그 호수에서
발생하는 안개다

빨리도 그것을
눈치챘나 보다

작은 두 소녀

벚꽃

올해도 살아서
벚꽃을 보고 있습니다
사람은 평생에
몇 번 벚꽃을 볼까요

기억하는 게 열 살 무렵부터라면
아무리 많이 잡아도 일흔 번 정도
서른 번 마흔 번 보는 사람도 많겠지
너무 적네

더 많이 보는 기분이 드는 건
선조의 시각도 섞이고 포개져 자옥해지기 때문이겠지요
곱다고도 수상하다고도 이상하다고도
할 수 있는 꽃의 색

흩날리는 벚나무 아래를 한적히 걸으면
한순간
명승처럼 깨닫게 됩니다
죽음이야말로 정상 상태
생은 사랑스러운 신기루라고

2
내가 가장 예뻤을 때

내가 가장
예뻤을 때

내가 가장 예뻤을 때
거리는 꽈르릉하고 무너지고
생각도 못한 곳에서
파란 하늘 같은 것이 보이곤 했다

내가 가장 예뻤을 때
주위의 사람들이 많이 죽었다
공장에서 바다에서 이름도 없는 섬에서
나는 멋 부릴 기회를 잃어버렸다

내가 가장 예뻤을 때
아무도 내게 다정한 선물을 주지 않았다
남자들은 거수경례밖에 몰랐고
순수한 눈짓만을 남기고 다들 떠나버렸다

내가 가장 예뻤을 때
내 머리는 텅텅 비었고
내 마음은 무디어졌으며
손발만이 밤색으로 빛났다

내가 가장 예뻤을 때
내 나라는 전쟁에서 졌다
이런 엉터리 없는 일이 있느냐고
블라우스의 소매를 걷어 올리고 비굴한 거리를 쏘다녔다

내가 가장 예뻤을 때
라디오에서는 재즈가 넘쳤다
담배연기를 처음 마셨을 때처럼 어질어질하면서
나는 이국의 달콤한 음악을 마구 즐겼다

내가 가장 예뻤을 때
나는 아주 불행했다
나는 무척 덤벙거렸고
나는 너무도 쓸쓸했다

그래서 결심했다 될수록 오래 살기로
나이 들어서 굉장히 아름다운 그림을 그린
프랑스의 루오 할아버지처럼
그렇게…

기다림

나의 마음은 완고한 철문
덧없이 닫혀 삐걱거린다

열쇠를 들고 아직 어딘가 먼 곳에서
느긋하게 노니는 건 누구?

활짝 열어 놀라게 하는 사람
무척 자연스럽게 오래된 약속처럼

바보 같은
노래

이 강가에서 당신과
맥주를 마셨죠 그래서 이 가게가 좋아요

7월의 아름다운 밤이었어요
당신은 이 의자에 앉았지요 그러나 세 명이었어요

작은 전등이 몇 개 켜지고 연기가 자욱했지요
당신은 즐거운 농담을 던졌어요

둘이 있을 때는 설교뿐
거친 행동은 전혀 하지 않지요

그렇지만 알아요 나는
당신의 깊은 눈빛이

빠르게 내 마음에 다리를 놓고
다른 누군가가 놓지 못하는 사이에

나 망설임 없이 건너요
당신에게로

그러면 이제 되돌릴 수 없죠
도개교와 같아서

고흐의 그림에 있는
아를 지방의 소박하고 밝은 도개교!

소녀는 유혹되어야 해요
그것도 당신 같은 사람에게

행동에
대해

그것은 비슬비슬 다가온다

좀도둑처럼 다가온다

5월의 바람처럼 다가온다

변덕스러운 씨앗처럼 다가온다

변덕스러운 씨앗처럼 다가온다

사람은 곧 깨닫는다

무거운 마음의 문을 열고

무언가 이질적인

움푹 팬 흔적에

사람 내부의 토양을 좋아하는
이것은 무슨 싹?
사랑 사상 동경 야망 혁명의 조짐
살의 관음 강도의 떡잎
그리고 이름 없는 많은 것들

무엇이 무엇을 앞질렀나
하나가 크게 성장한다
사람은 이제 무시할 수 없다
관계를 맺고 묻고 대답한다
비밀스러운 긴 격투가 시작된다
싹은 잎을 무성케 하고 쑥쑥 자라
나무가 된다

나무는 어느 날 사람의 정수리를 꿰뚫는다
그것은 드디어 꿰뚫은 것이다
아아 그 환희를 기억하라!

이 사건은 이제
어떠한 비평도 받아들이지 않는다
이 사건은 이제
어떠한 판결도 받아들이지 않는다
참회란 멀고 먼 것
게으른 수기도 먼 곳에서 성립한다
그 아름다운 행동을 우리는 볼까
우리 주위에서

6월

어딘가 아름다운 마을 없을까
하루의 마무리로 한 잔의 흑맥주
괭이를 기대어 세워놓고 바구니를 놓고
남자도 여자도 커다란 맥주잔을 기울인다

어딘가 아름다운 마을 없을까
먹을 수 있는 열매가 달린 가로수가
어디까지고 계속되며 보랏빛 석양은
젊은이의 포근한 떠들썩함으로 가득 찬다

어딘가 아름다운 사람과 사람의 힘은 없을까
같은 시대를 함께 사는
친분과 이상함 그리고 분노가
날카로운 힘이 되어 모습을 드러낸다

바다
근처로

바다가 매우 멀 때
그건 나의 위험 신호입니다

내가 힘이 넘칠 때
바다는 내 근처에 푸르르게

아아 바다여! 언제나 가까이에 있어 주세요
샤를 트레네 노래의 리듬으로
7개의 바다 따위 눈 깜짝할 사이에
그만큼 바다는 가까웠다 청춘의 입구에서는

지금은 생선가게 앞에서
바다를 요리하는 걸 걱정한다

아직 어린 카누와 같은 청춘들은
진짜로 바다를 건넌다

바다여! 가까이에 있어 주세요
그들의 청춘 입구에서는 더더욱

여름의
목소리

겁쟁이 무!

라는 목소리
끔벅끔벅 눈을 뜨니
시간은 새벽 1시
갓난아이의 울음소리는
응애응애 낑낑
덧없고 슬프다

집 앞의 언덕을
오고 가며

겁쟁이 무!
겁쟁이 무!
겁쟁이 무!

자장가처럼 반복되는 그 말은
맑고 아름답다
젊은 엄마의 곤란과 사랑이 뒤섞여있어
묘하게 아름답기도 하다

'겁쟁이'와 '무'는
찰싹 달라붙어 떼어낼 수 없다
그래서 시적이기도 하지만
이윽고 그는
엄마의 훌륭한 훈도를 받아
고집스러운 남자가 될까
열대야가 계속되는 일본의 여름은
어른도 죽는소리를 한다
입고 잔 것도
어느새 어딘가로 사라지고
부채 하나 팔락 팔락

무야!
겁쟁이는 겁쟁이로 있어도 된단다
울고 싶으면 울렴
겁쟁이의 힘을 관철하는 것이
이 나라에서는 훨씬 어렵거든

질문

인류는

이제 손쓸 수 없이 늙었나요

아니면

아직 매우 젊은가요

누구도

대답할 수 없을 것 같은

질문

모든 것에 시작이 있으면 끝도 있다

우리는

지금 대체 어디쯤?

삽삽한

초여름의 바람이여

두 사람의
미장이

일하러 온 미장이

장발에 콧수염

흰 바탕에 남색 용이 춤추는 손수건 몇 장 사용하여

앞섶 벌어진 목이 둥근 셔츠를 만들어 입고 있다

여기저기 비늘 날리고

멋과 패션의 혼연일체

방심할 수 없는 훌륭한 감각

발판 전달하러 온 그

창문 너머로 슬쩍 내 책상을 엿보고

"부인의 시는 나도 이해할 수 있군요"

고마운 말을 해 줄까

19세기 차이콥스키가 여행했을 때
한 미장이가 흥얼거린 민요에 넋을 잃고
그 자리에서 바로 악보로 적었다
안단테 칸타빌레의 원곡을
흥얼거렸던 러시아의 미장이
그는 어떤 모습을 하고 있었을까

게릴라
가드닝

그때 당신은 이렇게 말했지요
그리운 벗의 오래전 말을 꺼내 봅니다
나를 조정해 준 소중한 말이었어요
그런 말을 했었나 흠 까먹었네요

당신은 어느 날 언젠가 그렇게 말했어요
지인 중 한 명이 좋아하는 반지라도 집어 올리듯
가볍게 꺼내지만 이번에는 내가 기억하지 못하고 있지요
그런 어쭙잖은 말을 했나요

각자가 잡은 먹이를 가지에 걸고
멍하니 잊고 있는 때까치처럼
생각건대 말 보관소는
서로가 서로에게 타인의 마음속

그렇기에
살 수 있다
천 년 전 사랑 노래도 칠백 년 전 이야기도
먼 나라 먼 어느 날의 죄인의 투덜거림조차도

어딘가에 게릴라 가드닝이라도 하는 것일까
주머니에 씨앗을 숨기고 아무렇지 않은 얼굴
이쪽에서 촤르륵 저쪽에서 륵르촤!
이상한 곳에서 이종의 꽃을 피운다

이 실패에도
불구하고

5월의 바람을 타고
영어 낭독이 들려온다
뒷집 대학생의 목소리
뒤이어 일본어 해석이 따라온다
어딘가에서 발표라도 하나
점잖은 체하는 목소리로
영어와 일본어 번갈아서

그 젊음에
손을 놓고
듣고 있자니

이 실패에도 불구하고……
이 실패에도 불구하고……
거기서 갑자기 침묵
왜 그래? 그다음은

실연의 아픔이 갑자기 쓰라리기 시작했나
아니면 깊은 생각의 호수에
갑자기 끌려들어 갔나
지나가는 바람에
그의 목소리는 다시 들려오지 않고
이제는 라일락 향기뿐

원문은 모르지만
뒤는 내가 계속하지
그래
이 실패에도 불구하고
나 또한 살아야만 한다
왜인지는 모른다
살아있는 이상 살아있는 것의 편을 들으며

3
처음 가는 마을

혼자서는
생기발랄

혼자 있는 것은 생기가 넘친다
활력이 넘치는 생기발랄한 숲이다
꿈이 톡톡 터진다
좋지 않은 생각도 샘솟는다
에델바이스도 독버섯도

혼자 있는 것은 생기가 넘친다
활력이 넘치는 생기발랄한 바다다
수평선도 기울고
무척이나 난폭한 밤도 있다
물결 잔잔한 날 태어나는 개량조개도 있다

혼자 있는 것은 생기가 넘친다
결코 억지를 쓰는 게 아니다

혼자 있을 때 외로운 사람은
둘이 모이면 더욱 외롭다

여럿이 모이면
타 타 타 타 타 타락이로군

사랑하는 사람이여
아직 어디 있는지도 모르는 그대
혼자 있을 때 생기발랄한 사람으로
있어 주세요

처음 가는
마을

처음 가는 마을에 들어갈 때
내 마음은 살짝이 두근거린다
소바집이 있고
초밥집이 있고
청바지가 걸려있고
모래 먼지가 있고
자전거가 방치되어 있는
특별할 것 없는 마을
그래도 나는 충분히 두근거린다

눈에 선 산이 우뚝 서 있고
눈에 선 강이 흐르고 있고
몇 개의 전설이 잠들어 있다
나는 금세 발견한다
그 마을의 점을
그 마을의 비밀을
그 마을의 비명을

처음 가는 마을에 들어갈 때
나는 주머니에 손을 넣고
방랑객처럼 걷는다
설사 볼일이 있어서 왔을지라도

맑은 날에는
마을 하늘에
아름다운 파스텔 색 풍선이 떠다닌다
그 마을 사람들은 눈치채지 못하지만
처음 온 나에게는 확실히 보인다
왜냐면 그것은
그 마을에서 태어나 그 마을에서 자란 그러나
먼 곳에서 죽어야만 했던 사람들의
영혼

총총히 흘러간 것은
멀리 시집간 한 여인이
고향이 너무도 그리워
놀러 온 것
영혼만이 엄벙덤벙

그리고 나는 좋아하게 된다
일본의 작은 마을들을
물이 맑은 마을 작은 마을
참마국이 맛있는 마을 고집 센 마을
눈이 많이 내리는 마을 유채꽃에 둘러싸인 마을
눈을 치켜뜬 마을 바다가 보이는 마을
남자들이 으스대는 마을 여자들이 의욕적인 마을

모가미
강가

자손을 위해 기름진 땅을 남기지 않는다

그런 멋진 말을 알고 있으면서
남자들은 기름진 땅 사는 것에 푹 빠져 있다
혈통서를 가진 아들에게
모조리 남겨주기 위해
남의 아들 따위 개한테나 물려라!
검은 선지피가 들러붙은 무거운 쇠사슬
가부장제도 생각하니 길구나

바람 불면
바스락바스락 울린다
끝없이 이어지는 벼 이삭의 파도
고소한 냄새 풍기며 익어간다

금빛의 작은 열매 군단
"저 강 이름이 무엇인가요?"
칙칙폭폭 달리는 기차의
맞은편에 앉은 청년이
부드러운 사투리로 짧게 대답한다
"모가미 강"
그의 무릎 위에 펼쳐져 있는 것은
낡은 건축학책이다

농부의 아들이여
그대가 그것을 원치 않는다면
선조 대대로 내려오는 농사 따위 발로 차버려라

일본 전통 과자점 장남이여
그대가 그것을 원치 않는다면
팥소 개는 주걱을 하늘로 던져라

학자의 후계자여
그대가 그것을 원치 않는다면
보잘것없는 장서 따위 팔아치워라

사람의 직업은 한 대로 끝나는 것
전통을 이어받아 넓히는 자는
　　　그의 아들이 아닐 수도 있다
　　　그의 딸이 아닐 수도 있다

세습에 분노하라
무수한 마을들
세습을 끊어내라
새롭게 출발하는 사람들
무수한 마을의 정점에는
상징적인 한 남자만이 서 있다

살아있는 것,
죽어있는 것

살아있는 사과 죽어있는 사과
그것을 어떻게 구별할까
바구니를 들고 밝은 가게 앞에 서서

살아있는 요리 죽어있는 요리
그 맛을 어떻게 구별할까
화로 위에서 산마루에서 레스토랑에서

살아있는 마음 죽어있는 마음
그 소리를 어떻게 구별할까
파닥이는 기척이나 깊은 침묵 울리지 않는 어둠을

살아있는 마음 죽어있는 마음
그것을 어떻게 밝혀낼까
두 사람이 사이좋게 취해 비틀어져 가는 것을

살아있는 나라 죽어있는 나라
그것을 어떻게 간파할까
쏙 빼닮은 학살의 오늘에서

살아있는 것 죽어있는 것
둘은 다가서서 나란히 선다
언제든 어디에서든 모습을 감추고

모습을 감추고

대학 나온
부인

대학 나온 아가씨
시골의 구가로 시집을 갔다
장남이 너무 멋있어서
결국 유학 시험을 포기하고
       피이피이

대학 나온 부인
지식은 반짝반짝한 스테인리스
아이 기저귀 갈면서
장 주네를 논한다 소금 항아리에 학명을 붙인다
       피이피이

대학 나온 언니
정월에는 우는 소리
마을 전체 총출동하여 옻칠 그릇이다
냉술이다 온술이다 생선이다
　　　　피이피이

대학 나온 어머니
밀밭 속을 자전거 타고 간다
제법 관록이 붙으셨군요
마을 의회 의원으로 어떨까 나쁘지 않은데
　　　　피이피이

내 카메라

눈
그건 렌즈

깜빡임
그건 내 셔터

머리카락으로 뒤덮인
작고 작은 암실도 있어서

그래서 난
카메라 따위 가지고 다니지 않지

알아요? 내 안에
당신을 찍은 필름이 많이 있는 거

나뭇잎 사이로 비치는 햇살 아래서 웃는 당신
파도를 가르는 눈부신 구릿빛 몸

담배에 불을 붙인다 아이처럼 잠든다
난꽃 같은 향이 난다 숲에서는 사자가 되었던가

세상에 단 하나 아무도 모르는
나의 필름 라이브러리

지천명

어떤 사람이 와서
이 꾸러미의 끈 어떻게
푸느냐고 묻는다

어떤 사람이 와서
뒤엉킨 실 묶음
어떻게 좀 해달라고 한다

가위로 자르라고 조언하지만
싫다고 한다
할 수 없이 돕는다 꼼지락 꼼지락

살아있는 인연으로
이런 것이 살아있다는
그런 것인가 그렇지만 별로

휩쓸리고

휘둘려

지치고 지쳐

어느 날 갑자기 깨닫는다

어쩌면 아마

수많은 친절한 손이 도와주는 것이다

혼자서 처리해 왔다고 생각하는

나의 여러 연결점에서도

여태 눈치채지 못할 정도로 티 내지 않고

뒤처짐

뒤처짐
　　화과자 이름으로 붙이고 싶은 상냥함
뒤처짐
　　지금은 자조나 덜 떨어졌다는 의미
뒤처지지 않기 위한
　　바보 같고 슬픈 수행
뒤처진 것에
　　매력과 분위기가 있는 것인데
뒤처진 열매
　　한가득 포용할 수 있는 것이 풍족한 대지
그렇다면 네가 뒤처져라
　　네 여자로서는 이미 뒤처졌지요

뒤처지지 않고 앞서서
   우걱우걱 먹히지 않겠다
뒤처짐
   결과가 아니라
뒤처짐
   화려한 의지로 존재하라

듣는 힘

사람 마음속 호수
그 깊이에
멈추어 서서 귀를 기울인다
는 일이 없다

바람 소리에 놀라거나
새 소리에 멍해지거나
홀로 귀를 기울이는
그런 행동과도 멀어져갈 뿐

작은 새의 대화를 알기 때문에
오래된 나무의 고생을 돕고
아름다운 처녀의 병까지 고쳤다는 민화
'듣는 귀 두건'을 가지고 있었다 동족

그 후손은 자기 일에만 푹 빠져있다
붉은 혀만 이리저리 하늘을 날아
어떤 말로 포장할까
어떻게 압도시켜 줄까

그러나
어떻게 말로 나타낼 수 있나
다른 일도 진득하게
받아들일 힘이 없다면

4
식탁에 커피 향 흐르고

식탁에
커피 향 흐르고

식탁에 커피 향 흐르고

문득 내뱉은 혼잣말
어머
영화 대사였나
어떤 명언 중 한 구절이었나
아니면 내 몸속 깊은 곳에서 일어난 한숨이었나
원두를 갓 볶은 킬리만자로
이제 와서지만 되돌아본다
쌀도 담배도 배급품
집은 농가 창고의 2층 아래서는 닭이 소란 떨고 있다
마치 난민 같았던 신혼 시절
인스턴트 네스카페를 마신 것이 언제였나
다들 가난해서
그러나
심포지엄이다 동아리다라며 열광했다

겨우 커피다운 커피를 마실 수 있는 시대
한 방울 한 방울 떨어지는 액체의 향

상쾌한
일요일 아침
식탁에 커피 향 흐르고……
라고 중얼거리고 싶은 사람들은
세상에서
점점 늘어난다

여자의 말

사랑스러운 사람에게는
많은 별명을 붙여주자
작은 동물이나 그리스 신
맹수 같은 것에 비유해서
서로 사랑한 밤에는
부드러운 말을
살짝 해 주러 가자
어둠을 틈타서

아이들에게는
이야기란 모든 이야기를 해 주자
나중에 어떤 운명이라도
피구처럼 받아들일 수 있도록

만원 전철 안에서
세게 발을 밟히면
크게 소리치자 멍청아!
대체 남의 발을 뭐라고 생각하는 거야

삶의 한계선을 침범당하면
말을 발사하는 것이다
러셀 언니의 두 자루 권총처럼
백발백중 속 시원함으로

말
말
여자의 말

부드럽고 향이 가득한
비밀스럽게 움직이는 살아있는 것
아아
그러나 우리 고향에서는
여자의 말은 규격품
생기 없는 냉동품
쓸쓸한 인공 호수다!

길에서 맞닥뜨린 부인
장바구니를 등 뒤로 들고 남편 소문 아이 안부
날씨 세금
신문기사 조각
꿀을 바른 남의 험담
말해도
말해도
쓸쓸해질 뿐

두 사람의 말 댐은 얼마나 빈곤한지

이윽고 두 사람은 어느샌가

두 마리의 잉어가 된다

입만 벙끗벙끗

의미 없는 말을 해 댄다

커다란 비단잉어에게!

그러다 두 마리의 잉어는 졸려 온다

말하면서 말하면서

점점 정신이 아득해진다

이것이 바로

한낮의 참극이 아니라면 대체 무엇인가

내 지느러미는 저리면서

천천히 움직여

호각을 부는

동작을 한다

큰 남자를 위한
자장가

잘 자요 큰 남자
밤에 또랑또랑하다니
그건 이례적인 새니까
눈을 감고 입을 벌리고
걸어가세요 가사假死의 길
그대만 눈을 크게 뜨고
바스락거리고 있는 이유는 무엇인가요
심장 펌프가 삐걱거릴 정도의
이 허무함은 무언가 크게 잘못되었어요
                    잘못된 거예요

우리나라가 후진국이라도
달리는 것만이 능사는 아니죠
중요한 것은 극히 작은 부분
중요한 것은 극히 작은 부분이에요
        당신이 하찮은 것만
        만드는 건 아니지만

잘 자요 큰 남자
그대는 멀리 걸어가
크고 어두운 숲으로 들어갔어요
그곳에는 차가운 샘물이 있어
비밀스레 빛나는 것을 뱉어내고 있어요
당신은 숲의 샘에서
한 잔의 맑은 물을 확실히 떠야 해요
아아 그것이 무엇인지 묻지 말아요

잘 자요 큰 남자
한 잔의 맑은 물을 확실히 떠야 해요
그러지 못하면 당신은 말라 버려요
잘 자요 큰 남자
둘이 함께 갈 수 있는 곳까지
나도 함께 가지만요

친구

친구에게
많은 것을 기대하지 않으면
"배신당했다!"고 외칠 일도 없다

적어도 본래
한 명이나 두 명 있으면 충분
열 명 있으면 지나칠 정도이다
가끔 만나 후후훗 웃을 수 있다면
그걸로 엄청난 기쁨
멀리 살아 만난 적도 없는데
깜빡깜빡 깜빡이는 마음 통하는 길이 있기도 하다
빈번히 만나
시시함을 속속들이 드러내는 것도 나쁘지 않다
구속당하는 건 싫지만
구속하는 건 더 싫다

가려면 가라
랑보와 베를렌의 우정은

기피해야 할 나쁜 예
고흐와 고갱의 우정도 싫다
내일 아침 생각이 있다면 거문고를 안고 와라
라고 말하고 싶지만
남녀노소 모두 여학생 같은 우정으로
이상한 환영에 사로잡혀 있다

옛 친구도 멀리 떠나면 몰랐던 시절과 다름없다
4월 호장근 꽃 사람들이 뿔뿔이 흩어지는 모습
이건
누구의 노래였나

감정의
말라깽이

마르고 싶어 마르고 싶어
라는 생각을 너무 해서
감정까지 죽여버렸나

감정의 말라깽이는 쓸쓸한 것
그런 쓸쓸함이 늘어나
이야기하고 있어도 쓸쓸 쓸쓸 쓸쓸

예전에 눈 내리는 날 방문한 집에
한 폭의 서예가 걸려 있었다
마치 우연처럼

다로를 재워라 다로의 지붕에 눈 쌓인다
다로를 재워라 다로의 지붕에 눈 쌓인다
그것은 집주인의 둘도 없는 대접이었던 것이다

왜 이런
생각이 났을까
푸른 잎 어린 잎 바람 스치는 날에

12월의 노래

곰은 이미 잠들었어요
다람쥐도 이제 꾸벅꾸벅
땅도 나무도
긴 휴식에 들어갔어요

문득
생각난 것처럼
소리 없는 자장가
그것은 가랑눈 함박눈

스승도 달린다
라고 말하며
사람만이 숨 쉴 틈 없이
움직이며

바쁨과 맞바꾸어
중요한 것을
뚝 뚝 떨어뜨리고 갑니다

되새김

— Y.Y에게

어른이 된다는 것은
닳는 것이라고
생각했던 소녀 시절
아름다운 태도
정확한 발음의
멋진 여성과 만났습니다
그 사람은 내가 애쓰는 걸 간파한 듯
무심하게 이야기했습니다

풋풋함이 중요해요
사람에 대해서든 세상에 대해서든
사람을 사람이라 생각하지 않게 되었을 때
타락하기 시작하죠 떨어지는 걸
감추려 해도 감추지 못한 사람을 여러 명 보았어요

나는 뜨끔했습니다
그리고 깊이 깨달았습니다

어른이 되어도 갈팡질팡해도 되는구나

어색한 인사 추하게 빨개진다

실어증 자연스럽지 않은 행동

아이의 나쁜 행동에도 상처를 받는다

믿음이 안 가는 생굴과 같은 감수성

그것을 단련할 필요는 조금도 없었던 거구나

나이 들어도 갓 핀 장미 연약하고

밖을 향해 피는 것이야말로 어렵다

모든 일

모든 좋은 일의 핵심에는

떨리는 약한 안테나가 감춰져 있다 분명……

나도 예전 그 사람과 비슷한 나이가 되었습니다

되돌아보며

지금도 가끔 그 의미를

조용히 되새길 때가 있습니다

물음

천천히 생각해보지 않으면

      대체 무엇을 하고 있었나 나는

천천히 생각해보지 않으면

      일하지 않는 자 먹지도 마라 새를 보면 의심스럽다

천천히 생각해보지 않으면

      어느새 뒤바뀐 책임과 생명의 찬연함

천천히 생각해보지 않으면

      모두 동등한 무언가로 변한 것 같다

한 번 천천히 생각해보지 않으면

      제각각의 25년은 지나

청춘의 물음은 예전 그대로

      더욱 갈고 닦여 푸르게 빛난다

후기를 대신하여

"좋은 시에는 사람의 마음을 해방시켜주는 힘이 있습니다.
또, 좋은 시에는 살아있는 모든 것에 대한 사람의 감정을
부드럽게 이끌어내 주기도 합니다."

이바라기 노리코의 『시의 마음을 읽다』의 모두에 나오는
문장입니다. 저는 이 문장을 반복해서 읽었습니다. 처음 읽는
글인데 뭔가 매우 정겹고 말할 수 없는 큰 공감을 느꼈습니다.
타인의 마음을 해방시켜 준다는 것은 사람에게는 원래
부드러운 마음이 있다는 것이며, 연민의 감정을 이끌어내
준다는 것은 사실은 누구에게나 풍부한 감수성이 있다는
진실을 말하고 있는 것입니다.

이바라기 노리코의 커다란 손에서 계속해서 지어지는
시 하나하나의 깊이와 아름다움에 저는 감명 받아 한숨을
쉬었고, 단번에 시가 좋아졌습니다.

그 후 저는 몇 번이나 이 책을 다시 읽었는데, 멍청하게도
거기에 이바라기 노리코 자신의 시가 없다는 것을 처음엔
눈치채지 못했습니다. 이바라기 노리코의 시야말로
'자신의 생각을 깊게, (중략) 우물을 파듯 파 내려가면 지하에
흐르는 공통의 수맥에 닿듯이 전체에 통하는 보편성에

도달한다'(『시의 마음을 읽다』에서 인용)는 시인 것입니다. 저는
어느 날엔가 제 손으로 이바라기 노리코의 시집을 편찬하며
이 『시의 마음을 읽다』에 필적할 책으로 만들고 싶다고
꿈꾸게 되었습니다.

　봄이 되어 이바라기 노리코 선생의 허락을 받아 이
책이 탄생하게 되었습니다. 이바라기 노리코의 6권의
시집(『보이지 않는 배달부』『진혼가』『네 감수성 정도는』『선물』
『가신북스1 이바라기 노리코』『식탁에 커피 향 흐르고』)에서 35편을
선정한 사화집(앤솔러지)입니다. 젊은 사람들이 읽기 쉽게
만들었습니다.

　시의 전제와 작품 인용을 선뜻 허락해주신 각 출판사 및 이
시집의 제작에 힘써주신 많은 분들께 감사드립니다.

　　　　　　　　　　　　　　　　　　다나카 가즈오

부록

하늘과 바람과 별의 시

한글의 매력에 빠져, 죽을 때까지 윤동주와
한국을 사랑한 이바라기 노리코

이바라기 노리코는 윤동주 시 3편을 일본 고등학교 국어교과서에
실도록 한 것으로 한국에도 잘 알려져 있다. 우연히 윤동주의
시를 읽고 그 맑고 청결한 시풍에 감동을 받아 한글 공부에 더욱
정진하여 『한글로의 여행』이라는 제목의 책을 출간하기도 했다.
한글을 한국인보다 더 사랑한 일본인으로 유명한 그녀는 드물게
의식을 가진 저항과 반전의 문학인이었으며 이는 그녀의 수필과
시에 잘 나타나 있다.
이바라기 노리코가 윤동주 시인을 위해 얼마나 노력했는가를 직접
읽고 느낄 수 있도록 일본 교과서에 실린 그녀의 수필 '하늘과
바람과 별의 시' 전문을 번역해 싣는다.

하늘과 바람과 별의 시

한국인에게 좋아하는 시인이 누구냐고 물어보면, 많은 사람들에게서 "윤동주"라는 대답이 돌아온다.

「서시」

죽는 날까지 하늘을 우러러
한 점 부끄럼이 없기를,
잎새에 이는 바람에도
나는 괴로워했다.
별을 노래하는 마음으로
모든 죽어가는 것을 사랑해야지
그리고 나한테 주어진 길을
걸어가야겠다

오늘밤에도 별이 바람에 스치운다

(1941.11.20.)

  이 시는 20대의 젊은이가 아니면 쓸 수 없는 맑고 청결한
시풍으로 독자들의 마음을 사로잡기에 충분하다. 사람이 오래
살다보면 많은 일을 겪게 되면서 이처럼 영혼까지 맑아지는
시를 쓰기는 어려워진다.
  젊은 나이에 죽은 시인에게는 젊음이나 순결을 그대로
간직한 맑고 깨끗함이 후대의 모든 독자들까지 매료시켜
언제나 수선화와 같은 상큼한 향기를 풍기게 한다.
  윤동주는 젊은 나이에 요절했다고 하지만 사고나 지병으로
죽은 것이 아니다. 그는 1945년, 일본이 패망하기 6개월
전인 2월 16일 만 스물일곱의 나이에 후쿠오카 형무소에서
옥사하고 말았다.

  일본 유학길에 오른 윤동주는 도쿄의 릿쿄대학 영문과에
다니다 교토의 도시샤대학 영문과로 전학하였고 독립 운동을
했다는 이유로 시모가모 경찰에 붙잡혀 조사를 받은 후
후쿠오카 형무소로 이송되었다. 그곳에서 날마다 정체를 알
수 없는 주사를 맞다가 죽은 것이다.
  일본의 간수에 의하면, 윤동주는 죽을 때 한국어로 크게
외친 후 숨을 거두었다고 한다. 그 말이 무슨 의미의 말인지
일본인 간수로서는 알 수 없었지만 큰 목소리로 외치다가
절명했다는 증언을 남겼다.

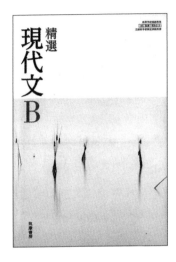

이바라기 노리코의 수필이 실린
일본 고등학교 교과서 '정선
현대문B'(筑摩書房, 2014, 110~122쪽)

　부언하자면 윤동주는 분명히 일본 검찰의 손에 의해
살해당한 것으로 이러한 배경을 알지 못한다면 이 시인에게
가까이 다가갈 수 없을 것이다.

　윤동주의 사인은 일본인 스스로 그 전모를 반드시 밝혀야
한다. 나는 윤동주의 존재를 알고부터 그의 시를 번역하기
시작했는데, 윤동주가 세상을 떠난 지 39년째가 되는
1984년에 이부키 고에 의해 윤동주의 시집『하늘과 바람과
별과 시』가 완역되어 나오는 바람에 내 번역 의욕은 꺾였지만
이부키 고의 훌륭한 번역과 연구에는 경의를 표하지 않을 수
없었다. 더불어 동요까지 일본어로 읽을 수 있게 되어 너무나
기쁘고 행복했다.

　이부키 고는 윤동주의 배경을 알기 위해 그가 유학했던 도쿄, 교토, 시모가모 경찰서, 후쿠오카 형무소 등 그 발자취를 거슬러 올라가며 80대가 된 전직 특별 고등 형사와도 만나는 등 모든 노력을 기우렸지만 윤동주의 옥사에 대한 진상을 끝내 밝혀낼 수 없었다고 시집에 적어 놓았다.

　안타깝지만 사망 원인의 전모를 밝히고자 했던 그의 노력에 경의를 표하고자 한다. 그러나 나는 언젠가는 부정할 수 없는 확실한 증거를 찾아 옥사의 전모가 한 점 의혹도 없이 소상하게 밝혀졌으면 하는 간절한 바람을 가지고 있다.

　나는 이부키 고에게 그가 보았던 곳과 조사하는 과정에서 느낀 일본 검찰의 높은 벽에 대한 이야기를 자세히 듣고 서글픔이 밀려 왔다.

　윤동주의 옥사는 40년이 지난 일이다. 그들은 지금까지도 왜 그렇게 비밀주의와 은폐주의로 일관하는 것일까. 일본인이든 한국인이든 진지하게 연구하는 사람에게는 자신들이 가지고 있는 자료를 더욱 많이 공개해야 하지 않을까.

　또한 이부키 고는 윤동주의 예전 하숙집이나 연고지 등을 찾아 증언을 얻으려 해도 누구 하나 그를 기억하는 일본인이 없었다고 아쉬워했다.

　사실 내가 윤동주의 시를 읽기 시작하게 된 계기는 맑고 청아한 미청년의 사진을 보고서부터이다. 이렇게 맑고 단아한 얼굴의 청년이 어떤 시를 썼을까 하는 호기심에서

비롯되었다. 사실 고백하자면 조금은 불순한 동기에서 시작된
일이었다.

지적인 분위기, 티끌 한 점 없을 것 같은 밝고 순수한
모습에서 내가 어릴 적 무척이나 우러러봤던 대학생 중에는
이런 사람들이 많았다는 어떤 그리운 감정이 겹치면서
윤동주의 인상은 너무나도 선명하고 강렬하게 나에게
다가왔다. 그런데도 일본인 그 누구의 기억에도 남아 있지
않았다는 것이다.

영문학 연습 85점, 동양철학사 80점 등 그 성적도
우수했는데도 어떻게 한 분의 교수도 기억하지 않았을까.
중국 최고의 작가인 루쉰에게는 후지노 선생님과 같은 존재가
있었는데 불행하게도 윤동주에게는 한 명도 없었기에 나는
그에 대한 깊은 고독과 외로움을 느꼈다.

「쉽게 씌어진 시」

창밖에 밤비가 속살거려
육첩방은 남의 나라,

시인이란 슬픈 천명인 줄 알면서도
한 줄 시를 적어 볼까,

땀내와 사랑내 포근히 품긴
보내 주신 학비 봉투를 받아

대학 노-트를 끼고
늙은 교수의 강의 들으러 간다.

생각해 보면 어린 때 동무들
하나, 둘, 죄다 잃어버리고

나는 무얼 바라
나는 다만, 홀로 침전하는 것일까?

인생은 살기 어렵다는데
시가 이렇게 쉽게 씌어지는 것은
부끄러운 일이다.

육첩방은 남의 나라
창밖에 밤비가 속살거리는데,

등불을 밝혀 어둠을 조금 내몰고
시대처럼 올 아침을 기다리는 최후의 나,

나는 나에게 작은 손을 내밀어
눈물과 위안으로 잡는 최초의 악수.

(1942.6.3.)

　지금 한국의 평론가들 사이에서 윤동주가 저항 시인인지 아닌지를 두고 여러 가지 논쟁이 진행되고 있다고 한다.

　어쨌든 일본에 의한 조선의 억압에도 불구하고 과감하게 한글로 시를 쓰고, 일본에서 쓴 시는 친구에게 편지와 함께 보내져 후대에 남겨지게 되었다. 하지만 이 시들을 전부 모아도 100여 편에 지나지 않으며 일본에서 체포 당시 압수당한 시는 그 후 행방을 알 수 없으니 얼마나 안타까운 일인가. 그때 엄혹한 시대에는 한글로 시를 쓴다는 것 자체가 엄청난 저항이었다고 한다.

　만약 윤동주가 반년만 더 살았어도 해방과 함께 고국의 제일선에서 마음껏 시를 썼을 사람이 생전에는 아쉽게도 한 권의 시집도 남기지 못하고 떠나가 버렸다.

「돌아와 보는 밤」

세상으로부터 돌아오듯이 이제 내 좁은 방에 돌아와 불을 끄옵니다. 불을 켜두는 것은 너무나 피로롭은 일이옵니다. 그것은 낮의 연장延長이옵기에―

이제 창을 열어 공기를 바꾸어 들여야 할 텐데 밖을 가만히 내다 보아야 방 안과 같이 어두워 꼭 세상 같은데 비를 맞고 오던 길이 그대로 비 속에 젖어 있사옵니다.

하루의 울분을 씻을바 없어 가만히 눈을 감으면 마음속으

로 흐르는 소리, 이제, 사상思想이 능금처럼 저절로 익어 가
옵니다.

(1941.6)

『하늘과 바람과 별과 시』가 일본에서 번역되어 출간된
1984년 가을에 나는 윤동주의 친동생인 윤일주 씨를 만나게
되었다. 일주 씨는 건축을 전공한 성균관대학교 교수로
재직하고 있었는데 마침 도쿄대학교 생산기술연구소 객원
교수로 일본에 와있었다.

　윤동주 시집에 「아우의 인상화」라는 시가 있는데 그의 시
중에서도 내가 가장 좋아하는 시의 실제 주인공인 동생을
만나게 되어 너무나도 감동적이고 기뻤다.

　「아우의 인상화」

　붉은 이마에 싸늘한 달이 서리어
　아우의 얼굴은 슬픈 그림이다.

　발걸음을 멈추어
　살그머니 애띤 손을 잡으며
　"너는 자라 무엇이 되려니"
　"사람이 되지"
　아우의 설운 진정코 설운 대답이다.

슬며-시 잡았던 손을 놓고
아우의 얼굴을 다시 들여다본다.

싸늘한 달이 붉은 이마에 젖어
아우의 얼굴은 슬픈 그림이다.

(1938.9.15.)

열 살 가까이 어린 아우의, 손의 감촉까지 전해져 오는
듯하다.

시는 열 살이 어린 동생 손의 감촉까지도 전해져 오는 듯
따뜻하게 다가왔다. "사람이 되지"는 "인간이 되지"라고도
번역할 수 있지만, 어찌되었든 형의 의표를 찌른 아우의
대답이 한 편의 아름다운 시를 완성시킨 것이다.

개도 개가 되려 하고, 고양이도 고양이가 되려 할까? 인간은
태어났을 때에는 동물과 같지만, 세상을 살아가는 동안
인간성을 가지려는 마음을 잃지 않으려고 부단히 노력한다.

윤동주도 좋은 마음을 간직하고 있었기에 동생의 "사람이
되지"라는 대답에 감동을 받아 시를 완성했을 것이다.

게다가 식민 치하에서 성장하는 동생이 정상적인 인간으로
살아갈 수 있을까 하는 암담한 생각이 "아우의 얼굴은 슬픈
그림이다"라는 행이 되어 나타난 것이다.

동생 일주 씨는 58세의 나이가 된 지금도 그 시절 형과 나눈
대화를 기억하고 있었다.

독실하고 음영이 짙은 사람됨이었지만 왠지 모르게

장난스러운 느낌도 들었다.

"어쩌면 저는 형의 뒤치다꺼리를 하기 위해 태어난 것
같아요…."

왠지 장난기 어린 목소리로 웃으며 말했다. 그는 형의
시집을 발간하기 위해 여러 곳에 흩어져 남겨진 시를 찾아
출간하였고, 형의 모교인 연세대학교의 윤동주 시비를 설계한
사람도 일주 씨라고 한다. 자신의 전문분야 일을 하면서 형을
위해 얼마나 많은 시간과 노력을 기우렸을까.

그 당시 일주 씨의 부인과 따님도 함께였는데 "이 아이는
큰아버지를 무척이나 자랑스러워 한답니다"라는 말에 곁에
있던 따님이 부끄러워하면서도 청아한 목소리로 「별 헤는
밤」을 낭송해 주었다.

낭송이 끝나자 옆에 있던 일주 씨가 말했다.

"요즘 아버지 생각을 자주합니다. 아버지는 어떤 마음으로
형의 유골을 품고 후쿠오카에서 부산을 거쳐 흔들리는
기차를 타고 머나먼 북간도까지 돌아오셨을까 하고 헤아려
봅니다…."

부산에서 북간도까지라면 한반도의 끝에서 끝으로 멀고도
긴 여정이다. 분노와 통한을 풀 길도 없이 형의 유골을 품고
돌아왔을 아버지의 마음과 그 마음을 헤아리는 아들의 심연의
말들은 그 어떤 격렬한 지탄보다도 강하게 내 폐부를 찔렀다.
아버지는 아들의 옥사를 학살로 받아들였을 것이 분명했다.

그렇게 아무렇지 않은 세상 이야기처럼 내뱉은 일주 씨의

그 말이 너무도 강하게 내 마음을 휘저었다.

　수년 전, 나는 배를 타고 시모노세키에서 부산까지의
현해탄을 건넌 적이 있었다.
　저녁 무렵 출발한 배는 규슈를 벗어나 노을이 짙게 드리운
현해탄의 한가운데로 향했다.
　배가 육지에서 멀어질수록 6,000톤의 여객선은
너울거리는 바다 물결에 한 장의 나뭇잎처럼 파도타기를
하고 있었다. 그날만은 거칠기로 유명한 현해탄도 평온함을
유지하고, 시시각각 변하는 석양의 지평선과 밤바다의 어둠에
나는 한동안 취해 있었다.
　밤하늘에 가득한 초가을의 별자리와 보석처럼 빛나던
오징어잡이 배의 아득한 풍경에 사로잡힌 나는 한밤중까지
갑판 위를 떠날 수가 없었다. 또한 짙은 안개와 농밀한 공기가
내 마음을 어루만져 주는 듯 했다.
　그러다 한 순간 갑판 위에 자욱이 내려앉은 그 농밀한
공기에서 뭐라 말할 수 없는, 역사의 비애 같은 슬픈 기운이
느껴졌다.

　나는 먼 옛날부터 지금까지 현해탄을 건너다녔을 수없이
많은 사람들의 발길에 묻어 함께 이 바다를 오고 간 사람들의
숱한 심정들을 그려 보았다. 그러자 파도 위에서도 파도
아래에서도 알 수 없는 무언가가 그 농밀한 공기 속에 뒤섞여
있는 느낌이었다.

나는 평소에 영감이 강한 편은 아니지만 이때의 느낌은
두고두고 내 기억 속에 자리 잡고 있었다.

새삼스럽지만 그때의 느낌을 지금 생각해 보면, 유골이
되어 현해탄을 건너던 윤동주의 마음도, 유골을 품고
돌아가는 아버지의 마음도 그 안에 모두 섞여있지 않았을까.
나중에 들은 이야기지만 그 당시 윤동주의 아버지는 납골
단지에 미처 다 들어가지 못한 아들의 유골 일부를 현해탄에
뿌려 주었다는 것이다.

나는 일주 씨와 이야기를 하면서 점점 그 인품에
빠져들었다. 그와 대화를 하면서 내 머릿속에서는 「아우의
인상화」라는 시 속의 "사람이 되지"라는 구절이 계속해서
떠올랐다. 일부러 의식한 적은 없지만 나는 젊어서부터
'사람의 질이란 무엇이고, 어떻게 결정되는 것일까?'를 쭉
생각하면서 그 해답을 찾아왔다는 것을 새삼 깨닫는 계기가
되었다.

그것은 실로 이상한 체험이었다. 나는 윤일주와 마주하면서
"형인 윤동주 역시 이런 사람이었지 않았을까?" 하고 상상할
수 있었다.
무한의 깊이를 느끼게 했던 인격. 3년 가까이 되는 일본
유학 생활의 흔적을 찾기 위한 이부키 고의 면밀한 조사와
노력에도 불구하고 누구 하나 그를 기억하고 있지 않다는

사실에 나는 뭐라 말할 수 없는 비애를 느끼지 않을 수 없다.

아무튼, 윤동주와 일주 형제를 생각하고 만날 수 있게 된 것은 나에게 가장 큰 기쁨이고 더없는 행복이었다.

"한국인들을 볼 때마다 굳고 맑은 결정처럼 단단하고 굳센
사람들이라고 느낄 때가 많은데, 모국어를 향한 마음이 그 중심적인
핵을 이루고 있는 듯하다."

한국을 한국인보다 더 존중하고 한글을 한국인보다 더 열심히
공부한 사람으로 유명한 이바라기 노리코가 생전에 한글날을
맞이하여 시문에 기고한 글 속에 있는 말이다. 10월 9일 한글날
《월간시》는 10월호 프런트 스토리로 그의 '한글 사랑' 이야기를
실었다.

한글의 매력에 빠져,
죽을 때까지 윤동주와
한국을 사랑한 이바라기 노리코

이바라기 노리코는 2006년에 세상을 떠나기 전 생전에 한 인터뷰에서 이렇게 말하였다. "일본 시는 희로애락 가운데 노怒가 없다. 그러나 한국시에는 그 노가 있다." 나는 이바라키 노리코의 이런 코멘트에 동감한다. "일본에는 서정시인만 있다. 시인의 사회적 영향력도 한국에 비해 미약하다." 이 코멘트에도 동감한다. 일본 시인들을 향해 이렇게 거침없는 비판을 할 수 있는 이바라기 노리코의 시 한 편부터 소개한다.

「내가 가장 예뻤을 때」

내가 가장 예뻤을 때
거리는 꽈르릉하고 무너지고
생각도 못한 곳에서

파란 하늘 같은 것이 보이곤 했다

내가 가장 예뻤을 때
주위의 사람들이 많이 죽었다
공장에서 바다에서 이름도 없는 섬에서
나는 멋 부릴 기회를 잃어버렸다

내가 가장 예뻤을 때
아무도 내게 다정한 선물을 주지 않았다
남자들은 거수경례밖에 몰랐고
순수한 눈짓만을 남기고 다들 떠나버렸다

내가 가장 예뻤을 때
내 머리는 텅텅 비었고
내 마음은 무디어졌으며
손발만이 밤색으로 빛났다

내가 가장 예뻤을 때
내 나라는 전쟁에서 졌다
이런 엉터리 없는 일이 있느냐고
블라우스의 소매를 걷어 올리고 비굴한 거리를 쏘다녔다

내가 가장 예뻤을 때
라디오에서는 재즈가 넘쳤다

담배연기를 처음 마셨을 때처럼 어질어질하면서
나는 이국의 달콤한 음악을 마구 즐겼다

내가 가장 예뻤을 때
나는 아주 불행했다
나는 무척 덤벙거렸고
나는 너무도 쓸쓸했다

그래서 결심했다 될수록 오래 살기로
나이 들어서 굉장히 아름다운 그림을 그린
프랑스의 루오 할아버지처럼
그렇게…

1945년 일본이 패전했을 때 이바라기 노리코의 나이는
열아홉 살이었다. 그 이듬해 그녀는 지금의 토호東邦대학인
제국여자약전帝国女子薬専 약학부를 졸업한다. 말이 대학이지,
여학생들은 전쟁에 동원되어 해군 약 제조공장에서 일하는
이른바 '군국주의 정신대 소녀'나 다름없었다.
　이 무렵부터 시를 쓰기 시작한 그녀는 동인지 '카이櫂'를
창간하고, 1955년에 출간한 첫시집 『대화』에 수록한
시에서부터 넘치는 상상력을 보여 주었다.
　이바라키 노리코의 대표작으로 알려져 있는 「내가 가장
예뻤을 때」는 그녀가 32살 때에 20대 초기를 회상하며 쓴
시로서 일본의 국정교과서에도 실렸다. 온 거리가 대공습으로

와르르 무너진 건물 안에서 천정을 보았을 때 "파란 하늘 같은 것"이 보였다는 증언으로 시작하는 이 시에는 죽어가는 사람들, 전쟁에 떠나서 돌아오지 않는 남자들이 등장한다. 이 전쟁을 그녀는 "어처구니없는 일"이라고 단정짓는다. 남자도 흉내 내기 힘든 대담한 표현이다. "비굴한 도시를 으스대며 쏘다녔다"는 표현처럼 그녀는 자유롭게 활보한다. 마지막 연에 나오는 루오 역시 뒤늦게 명성을 얻은 할아버지 화가이다. 루오처럼 뒤늦게라도 청춘을 즐기고 싶다는 역설적 표현을 통해 시인은 역경을 이겨내는 긍정적인 노래로 이 시를 승화시키고 있다.

이 시뿐만 아니라 이바라기 노리코가 발표한 많은 시는 역사적인 어둠과 비극적 현장을 생생하고 분명하게 담고 있다. 예를 들면 "조선의 수많은 사람들이 대지진의 도쿄에서/왜 죄 없이 살해되었는가"(「장 폴 사르트르에게」)라며 1923년 9월 1일에 발생한 관동대지진 당시의 조선인 학살을 증언한 시도 발표한다. 이 시는 "잘 안 되는 것은 모두 저놈들 탓이다"라며 일제 강점기 시절 유대인 못지않은 박해를 받다 온 한국인이 당한 아픔을 어느 누구보다도 뼈저리게 인식한 내용을 담고 있다. 그런데 이런 표현 속에도 패배주의적인 비장감은 없다. 오히려 낙관적이다. 밝다. 바로 이런 점 덕분에 전쟁의 풍경을 숨 막히는 비극적 어둠으로 표현하는 다른 시인들과 달리, 이바라기 노리코는 이 한 편의 시만으로도 전후시의 새로운 한 페이지를 열었다는 평을 얻었다.

「장 폴 사르트르에게」

(전반부 생략)

―잘 안되는 것은 모두 저놈 탓이다

조선 사람들이 대지진이 난 동경에서

왜 죄 없이 살해당했는지

흑인 여학생은 왜 칼리지에서 배우면 안 되는지

우리들조차 누군가가 잡은 총에

겨누어지고 있지 않은지

나에게는 한꺼번에 알 수 있는

연쇄적으로 일어나는 참혹한 사건의 가지가지가

사르트르씨

나는 당신을 깊이 알고 있지 않다

유대인의 생태生態도 표정도 친숙하지는 않다

인간에 대한 전율이 또 하나 늘어났지만

여하튼 지금 있는 것은 순수한 하나의 기쁨!

현실의 수염이 이것 때문에

설령 조금도 실룩거리지 않는다고 해도

이것은 반드시 좋은 일임에 틀림없다

1947년 당신이 파리에서 집필한

유대인문제에 관한 고찰이

1956년

매일 아침 매일 아침 빨래를 만국기처럼 널고 있는
나의 생활 속에 다가왔다는 것은.

일본의 한국 식민지 통치의 상흔을 묘사한 또 다른 시도
있다.

「총독부에 다녀오다」

한국의 노인은
지금도 변소에 갈 때
조용히 허리를 일으키며
"총독부에 다녀올게"라고 말하는 사람이 있다는데
조선총독부에서 호출장이 오면
가지 않고는 못 배겼던 시대
어쩔 수 없는 사정
그것을 배설에 빗댄 해학과 신랄함
서울에서 버스를 탔을 때
시골에서 상경한 듯한 할아버지가 앉아있었다
한복을 입고
까만 모자를 쓰고
소년이 그대로 할아버지가 된 것 같은
순수함 그 자체의 인상이었다
일본인 여러 명이 선 채로 일본어를 조금 지껄였을 때
노인의 얼굴에 두려움과 혐오의 표정

획 달려가는 것을 봤다
천만 마디의 말을 쓰는 것보다 강렬하게 일본이 해온 짓을
거기에서 봤다

얼마나 한국인이 겪은 역사의 상흔과 아픔을 잘 만져 주는
시인가. 목소리가 높지도 않으면서, 조근조근 풍경 속의 작은
에피소드를 등장시키면서 실감나게 조선총독부 치하의
한국인들이 겪었을 치욕을 그리고 있다.

한글과의 만남

쉰 살(1956년) 때 남편과 사별한 후 이바라기 노리코는 자기
치유의 한 방법으로 한국어 공부를 시작하였다. "한국어에
대한 관심은 사실 열다섯 시절부터 있었다"고 고백한 그녀는
김소운(수필가)씨가 이와나미문고에서 펴낸『조선민요선』을
읽은 후 그 속에 실린 한국어 단어들의 소박함과 기지에
끌렸다는 것이다.

한글 공부는 10년 동안 계속 이어졌다. 그녀가 배운
한글은 '한국인들이 쓰는 언어' 이상이었다. 한글은 "마치
뜨개질 기호 같은 문자"였고 "그 울림이 낭랑하고 아름다운
언어"였다. '바람둥이' '공부벌레' '치맛바람' '땅꾼' 같은
기발한 명사에 놀라는 한편, '과부 사정은 과부가 안다'
'구관이 명관이다' '밤새도록 울다가 누가 죽었느냐고

묻는다'는 식의 한국 속담의 표현력에도 감탄하였다.

한국인들이 지닌 독특한 '멋'도 그에게는 흥미진진한 탐구 대상이었다. 한국인의 행동에 나타난 '멋'을 "장난기와 우스꽝스러움, 박력과 세련미가 미묘하게 혼합된, 복합적인 양식"으로 풀이하기도 했다.

그렇다면 그녀가 한국에 끌린 가장 큰 이유는 무엇이었을까? 도자기 애호가였던 할머니가 "조선에 가고 싶다. 조선에 가고 싶다"고 입버릇처럼 말하는 것을 듣고 자란 데서였을까? 한글을 공부하면서 그녀는 한국의 미술품을 사랑했던 미술평론가 야나기 무네요시의 『조선과 그 예술』에도 감동 받기도 했다고 밝혔다.

이처럼 이바라기 노리코의 한국어 학습은 날이 갈수록 깊어져 마침내 한국 문화 전반으로 깊고 넓게 파고들어갔다. 한국인의 눈에는 별로 특별할 것 없는 풍경도 그녀에게는 하나의 문화적 신호등으로 다가오곤 하였다.

예를 들면, 한국 식당에서는 일본과 달리 깨지기 쉬운 자기 그릇이 아닌 스테인리스 식기가 유행하는 데서 외세 침략에 시달렸던 한반도 역사를 발견하고, 할머니들이 모여 앉은 농촌에서는 그분들의 존대말 사용에 대한 배경을 읽곤 하였다.

이 무렵 이바라기 노리코 시인이 한글의 세계에 푹 빠져 지은 시가 있다. 1982년에 펴낸 시집 『촌지寸志』에 실려 있는 「이웃나라 말의 숲」이다. 그녀가 한글과 윤동주를 얼마나 동경하고 있는지 보여 주고 있다.

「이웃나라 말의 숲」

숲속으로 깊숙히
가면 갈수록
나뭇가지 엇갈리며 더욱 깊숙해져
외국어의 숲은 울창해 있다
한낮이면서 역시 어두운 오솔길 혼자서 터벅터벅

구리栗는 밤
가제風는 바람
오바케는 도깨비
헤비蛇 뱀
히미츠秘密 비밀
기노코耳 버섯
무서워 고와이

첫머리 언저리에선
신명나게 떠들어댔다
뭐든지 신기해
명석한 표음문자와 맑디맑은 울림에
히노 히카리 햇빛
우사기 토끼
데타라메 엉터리
아이愛 사랑

기라이 싫어요
다비비토旅人 나그네

세계지도 위 이웃나라 조선국에
검디 검도록 먹칠해가면서 이 가을바람 듣네
타쿠보쿠의 명치 43년의 노래
일본어가 예전에 내차버렸던 이웃나라 말
한글
지우려 해도 결코 지워 없애지 못한 한글
용서하십시오 유루시테 쿠다사이
땀 뚝뚝 흘리며 이번에는 이쪽이 배울 차례이지요
어떠한 나라의 언어에도 끝내 굴복하지 않았던
굳센 알타이어족 하나의 정수에
조금이나마 가까이 가고 싶어
모든 노력을 기울여
그 아름다운 언어의 숲으로 들어가고 있지요

왜놈의 말예末裔인 나는
긴장을 놓고 있으면
순식간에 한恨이 담긴 말에
잡아먹힐 듯한
그런 호랑이가 확실히 숨어 있는지도 모른다
그렇지만
옛날 옛적 오랜 옛날을

호랑이가 담배 피우던 시절이라고
입버릇처럼 말하는 우스꽝스러움도 역시 한글만의 즐거움

어딘가 멀리서
재잘거리며 떠드는 소리
노래
시치미 딱 떼고
엉뚱한 소리를 해댄다
속담의 보고이며
해학의 숲이기도 하고

대사전을 베개 삼아 선잠을 청하면
"자네 들어오는 것이 너무 늦었어"라고
윤동주尹東柱가 다정하게 나무란다
정말 늦었다
하지만 어떤 일이든
너무 늦었다고 생각지 않기로 했지요
젊은 시인 윤동주
1945년 2월 후쿠오카 형무소에서 옥사
그것이 당신들에겐 광복절
우리들에겐 항복절인
8월15일을 거슬러 올라가면 겨우 반년 전이었을 줄이야
아직 교복을 입은 채
순결만을 동경하는 듯한 당신의 눈동자가 눈부시게 빛난다

─하늘을 우러러 한 점 부끄럼이 없기를─

이렇게 노래하고
감연히 한국어로 시를 썼던
당신의 젊음이 눈부시고 그리고 애처롭습니다
나무 그루터기에 걸터앉아
달빛처럼 맑은 시 몇 편인가를
더듬거리는 발음으로 읽어보지만
당신은 조금도 웃어주지 않습니다
어쩔 수 없는 일이지만
앞으로
어디까지 더 갈 수 있을는지요
갈 수 있는 데까지
가다 가다가 쓰러져 병들어도 싸리 핀 들녘

　　한글과 한국인, 한국 문화에 대한 사랑이 절절히 배어있는
시이다.
　　이 시는 '한글의 깊은 숲'으로 들어가는 어두운 오솔길부터
출발한다. 구체적으로 한글과 일본어를 하나씩 대비시키는
부분이 무척 재미있다. 일본어와 한국어를 모두 아는
독자들에게는 무척 흥미로운 대목이다. 시의 중반에 이르러
일본 군국주의가 한글을 없애려는 대목부터 시 속에는 숙연한
분위기가 감돌면서 진지해진다. 그리고 숲속에서 윤동주가
등장하여, 화자와 대화를 나눈다. 윤동주는 시인에게

"늦었다"고 말을 건다. 이 말은 시인이 스스로에게 던지는
자책감일 것이다.

한국 여행은 한글 여행이었다

이바라기 노리코는 1986년에 에세이집 『한글로의
여행』에서 한글을 공부하는 과정을 설명하고 있다.
일본인들은 영어나 불어를 공부하고 있다면 운전을 배우는
것처럼 당연하게 보지만 한국어 공부를 시작한 그녀에게는
다들 "왜 하필 한국말을?"이라는 반응을 보이며 동기를
궁금해 했는데, 이 질문에 대해 그녀는 명쾌하게 대답했다고
썼다. "이웃나라 말이잖아요." 그녀에게 '이웃나라 말'은 바로
'한글'이었다.
　『한글로의 여행』은 이전까지 한국을 방문한 일본의
지식인들이 쓴 한국여행기와는 상당히 달랐다. 1976년부터
습득한 한국어 학습으로 익힌 언어 실력을 바탕으로 50대
후반의 나이에 혼자 한국을 여행하였다. 책의 제목이
가리키듯이 그녀는 이 여행에서 한국어의 매력에 대해
언급하면서 여행 중에 있었던 많은 에피소드를 공개하였다.
그녀는 한국을 객관적으로 바라본 일본의 지식인들과는 달리
아주 따뜻한 시선으로, 적극적인 마음으로 한국인을 만나고
대했다.
　이바라기 노리코는 이 여행을 통해 체험한 우리 문화와

풍속을 섬세한 감성을 활용하여 시를 쓰기도 하였다. 모음에 달린 막대기가 하나인가 둘인가, 오른쪽을 보고 있는가 왼쪽을 보고 있는가, 위로 튀어나왔나 아래로 튀어나왔나, 그 작은 차이 하나로 발음도 의미도 완전히 달라지는 한글의 매력…. 그녀는 그런 힘이 일제 강점기 그 혹독한 조선어 말살 정책에도 끄떡없이 살아남은 저력이라는 데 감탄하였다.

그녀의 한국어 공부를 도운 분은 홍윤숙 시인이었다. 홍 시인을 처음 만났을 때 홍 시인의 능숙한 일본어 실력에 놀라 미뤄두었던 한국어 공부에 더 열중하게 되었다는 비화도 전해진다. 홍윤숙 시인 댁을 방문하기도 하였는데, 아마 다음에 소개하는 시가 그 댁을 소재로 쓴 시일 것이다.

「그 사람이 사는 나라」

그것은 사람피부를 지니고 있는
부드러운 악수이고
낮은 톤의 소리이며
배를 깎아 주는 손놀림이며
온돌방의 따뜻함이다

시를 쓰는 그 여인의 방에는
책상이 두 개
답장을 써야 하는 편지다발이 산더미
왠지 타인의 아픔을 절실하게 느꼈다고

벽에는 늘어뜨린 커다란 곡옥이 하나

서울 장충동 언덕 위의 집
앞뜰에 감나무가 한 그루
올해도 주렁주렁 영글었을까
어느 만추
우리 집을 방문해 주었을 때
황량한 뜰의 풍정이 좋다고
유리문 너머 바라보면서 가만히 중얼거렸다
낙엽더미도 쓸지 않고
꽃은 시들어 있어
황량한 뜰이 주인으로서는 부끄럽지만
꾸밈이 없어 좋다던 객의 취향에 맞았던 것 같다
일본어와 한국어 짬뽕으로
지난날을 이것저것 얘기하며
나의 양심의 가책을 구제해주듯이
당신은 좋은 친구가 될 수 있다고 말해준다
솔직한 말씨
청초한 차림새

그 사람이 사는 나라
눈사태 같은 보도報道도 넘치는 통계도
그대로 삼키지 않는다
자기대로의 조정이 가능하다

지구의 여기저기서 이러한 일은 일어나고 있겠지
각자 경직된 정부 따위 내버려두고
한 사람 한 사람의 교제가
조그마한 회오리바람이 되어

전파는 자유롭게 덤벼들고 있다
전파는 빠르게 덤벼들고 있다
전파보다 느리기는 하지만
무언가를 낚아채고
무언가를 되던진다
외국인을 보면 스파이라고 생각하는
그렇게 교육받은
나의 소녀시대에는
생각지도 못한 일

    1990년에 마침내 이바라기 노리코 시인은 12명의 한국 현대시인들 작품을 일본어로 번역하여 『한국현대시선』을 출간하였다. 이 번역시집으로 1991년 '요미우리문학상'을 받는다. 『한국현대시선』에는 강은교 김지하 조병화 홍윤숙 이해인 신경림 하종오 황명걸 김여정 황동규 오규원 최화국 등 12명의 시가 실려 있다.

윤동주의 시를 일본 교과서에 실게 하다

이 에세이집의 마지막 부분에는 윤동주 시인에 대한 글이
실려 있다. 그녀는 윤동주 시를 좋아했지만 일본인들이
너무나 윤동주에 대해서 무관심하다는 데 대해 미안해하고,
당시 일본에 머물고 있던 윤동주의 친동생(윤일주 성균관대
교수)을 만나 나눈 대화 내용도 소개하고 있다.

윤동주 시인의 작품이 일본 고교 검정교과서에 게재된 것은
바로 1990년도였다.

1986년에 이바라기 노리코가 그동안 한글 공부를 하면서
느낀 생각들을 수필 형식으로 발표한 글들을 모은 에세이집
『한글로의 여행』을 출간하였는데, 이 에세이집에 실려
있는 「하늘과 바람과 별과 시의 시인 윤동주」를 치쿠마쇼보
출판사의 편집국장이 우연히 읽고 감동하여 이 글을 고등학교
현대문 국정교과서에 11페이지에 걸쳐 실리게 된다. 이 글에는
윤동주의 「서시」「쉽게 쓰여진 시」「돌아와 보는 밤」「아우의
인상화」 등 4편의 시와 이바라기 노리코 시인의 해설이
곁들여졌다. 해설에서 이바라기 노리코 시인은 "윤동주는
일본 검찰의 손에 살해당한 것이나 다름없다. 그 통한의
감정을 갖지 않고서는 이 시인을 만날 수 없다"고 썼다.

1990년 이후에는 이 국정교과서로 146개 일본
고등학교에서 약 46,000명이 윤동주를 배우고 있다.

생전에 준비한 작별 인사

"이번에 저(이바라기 노리코)는 (2006)년 (2)월(17)일
(지주막하출혈)로, 이 세상을 하직하게 되었습니다. 이것은
생전에 써 둔 것입니다. 내 의지로, 장례·영결식은 하지
않기로 했습니다. 이 집도 당분간, 사람이 살지 않게 되니,
조위품이나 꽃 따위 아무것도 보내지 말아주세요. 반송
못하는 무례를 포개는 것뿐이라고 생각되니까. "그 사람이
떠났구나" 하고 한순간, 단지 한순간 생각해 주셨으면
그것으로 충분합니다." 오랫동안 당신께서 베풀어 주신
따뜻한 교제는, 보이지 않는 보석처럼, 나의 가슴속을 채워서,
광망을 발하고, 나의 인생을 얼마만큼 풍부하게 해 주신
건가…. 깊은 감사를 바치면서, 이별의 인사말을 드립니다.
고마웠습니다. 2006년 3월 길일"

　　이 글은 2006년 2월 17일 지주막하출혈로 별세한 이바라기
노리코 시인(향년 80세)이 생전에 교유했던 지인들에게 보낸
'하직 인사'이다. 이바라기 씨는 이 글을 미리 적어서 인쇄해
두었다가(사망 일자와 사인만 유족이 기입하게 하여) 별세한 후
지인들에게 보내달라고 조카부부에게 발송을 부탁한 것이다.

　　생전에 그녀를 아는 지인들과 언론계 인사들은 "과연
그녀다운 작별 인사"라면서 그녀의 아름다운 죽음을
추모하였다. 또한 그녀의 부음訃音을 전하면서 일본 최대
일간지 요미우리신문은 2006년 2월 21일자 1면 칼럼
'편집수첩'에서 「시대에 뒤떨어져」라는 제목의 시 하나를

인용하면서 이례적으로 이 시인의 죽음을 애도하였다.

　자동차도 없고

　워드프로세스도 없고

　비디오데크도 없고

　팩스도 없고

　퍼스콤이건 인터넷이건 본 적이 없다

　그래도 특별한 지장이 없어

　그렇게 정보를 모아서 뭐에 쓰는 건데?

　그렇게 서둘러서 뭐 하게?

　머리는 텅빈 채 말이야….

　요미우리 신문은 이 시를 쓴 시인이 80세를 일기로
작고하셨다면서 "멋진 시어를 잘 다듬었으며, 물질문명의
바다에서 멀리 육지를 비춰주는 한 줄기 등대였다는 찬사도
받았다"고 적었다. 요미우리가 극찬한 전후 현대 일본 시단의
으뜸이었던 이 여류시인이 바로 이바라기 노리코였다.

　신문이 극찬한 멋진 시어의 시는 다음의 작품을 가리킨
것이다.

　「자신의 감수성 정도는 지켜라」

　바싹바싹 말라가는 마음을

　남의 탓으로 돌리지 마라

스스로가 물주는 것을 게을리 하고서는
나날이 까다로워져 가는 것을
친구 탓으로 돌리지 마라
유연함을 잃은 것은 어느 쪽인가

초조함이 더해 가는 것을
근친近親 탓으로 돌리지 마라
무얼 하든 서툴기만 했던 것은
나 자신이 아니었던가

초심初心이 사라져 가는 것을
생활 탓으로 돌리지 마라
애초에 깨지기 쉬운 결심에 지나지 않았던가

잘못된 일체를 시대 탓으로 돌리지 마라
가까스로 빛을 발하는 존엄尊嚴의 포기

자신의 감수성 정도는
자신이 지켜라
바보 같으니라고